HISTÓRIAS DE MISTÉRIO
LYGIA FAGUNDES TELLES

ORGANIZAÇÃO E PREFÁCIO
ROSA AMANDA STRAUSZ

ILUSTRAÇÃO
ELOAR GUAZZELLI

EDIÇÃO REVISTA PELA AUTORA

COPYRIGHT DO TEXTO © 2004, 2011 BY LYGIA FAGUNDES TELLES
COPYRIGHT DAS ILUSTRAÇÕES © 2011 BY ELOAR GUAZZELLI
O SELO SEGUINTE PERTENCE À EDITORA SCHWARCZ S.A.
GRAFIA ATUALIZADA SEGUNDO O ACORDO
ORTOGRÁFICO DA LÍNGUA PORTUGUESA DE 1990,
QUE ENTROU EM VIGOR NO BRASIL EM 2009.

CAPA E PROJETO GRÁFICO
WARRAKLOUREIRO

FOTO DA AUTORA
ADRIANA VICHI

PREPARAÇÃO
CRISTINA YAMAZAKI/ TODOTIPO EDITORIAL

REVISÃO
JANE PESSOA
MARINA NOGUEIRA

OS PERSONAGENS E AS SITUAÇÕES DESTA OBRA
SÃO REAIS APENAS NO UNIVERSO DA FICÇÃO;
NÃO SE REFEREM A PESSOAS E FATOS CONCRETOS,
E SOBRE ELES NÃO EMITEM OPINIÃO.

Dados Internacionais de Catalogação na Publicação (CIP)
(Câmara Brasileira do Livro, SP, Brasil)

Telles, Lygia Fagundes
Histórias de mistério / Lygia Fagundes Telles; ilustração
Eloar Guazzelli. – São Paulo: Companhia das Letras, 2011.

ISBN 978-85-359-1881-6

1. Contos brasileiros 2. Crônicas brasileiras I. Guazzelli,
Eloar II. Título.

11-04608	CDD-869.93

Índices para catálogo sistemático:
1. Contos : Literatura brasileira 869.93
2. Crônicas : Literatura brasileira 869.93

17ª reimpressão

TODOS OS DIREITOS DESTA
EDIÇÃO RESERVADOS À
EDITORA SCHWARCZ S.A.
RUA BANDEIRA PAULISTA, 702, CJ. 32
04532-002 — SÃO PAULO — SP — BRASIL
TELEFONE: (11) 3707-3500
WWW.SEGUINTE.COM.BR
CONTATO@SEGUINTE.COM.BR

 /EDITORASEGUINTE
 @EDITORASEGUINTE
 EDITORA SEGUINTE
 EDITORASEGUINTEOFICIAL

SUMÁRIO

SOBRE HISTÓRIAS DE MISTÉRIO 4

A CAÇADA 8
AS FORMIGAS 16
NATAL NA BARCA 26
O JARDIM SELVAGEM 34
LUA CRESCENTE EM AMSTERDÃ 44
ONDE ESTIVESTE DE NOITE? 52

A AUTORA 60
O ILUSTRADOR 63

SOBRE HISTÓRIAS DE MISTÉRIO
ROSA AMANDA STRAUSZ

Quando falamos em histórias de mistério, é comum que as pessoas pensem logo em histórias de terror. Mas nem sempre mistério e terror caminham juntos. Uma coisa é usar a arte — no caso, a literatura — como meio para mergulhar no desconhecido; outra é usar o desconhecido com a única finalidade de provocar medo no leitor.

As histórias de Lygia Fagundes Telles pertencem ao primeiro grupo, embora algumas delas sejam de arrepiar. Mas na frente do susto vem sempre um belo exercício de compreensão da vida, da morte, do nascimento, do amor, do tempo e da arte.

Em si, os temas não têm nada de assustadores. O que nos dá a sensação de maravilhamento e terror ao mesmo tempo é a maneira como Lygia Fagundes Telles os combina.

A fusão da paixão com a crueldade nos dá arrepios em "O Jardim Selvagem". O frágil limite que separa nascimento e morte nos deixa com a respiração suspensa em "Natal na Barca". Em "As Formigas", o confronto entre a racionalidade científica da estudante de Medicina e o enigma da morte faz disparar o coração. Em "A Caçada", uma obra de arte pode matar. Em "Lua Crescente em Amsterdã", novamente a mistura de amor e morte provoca calafrios. Claro, você já percebeu que o ingrediente que, misturado aos outros, mais provoca sobressaltos é a morte, o maior dos mistérios humanos. Nada, no entanto, nos espanta com tanta intensidade quanto a crônica que encerra este volume. Ela pertence ao livro de lembranças e memórias de Lygia Fagundes Telles, intitulado *Durante Aquele Estranho Chá*. Ou seja: não se trata mais de fantasia ou ficção. É a própria realidade, esta que vivemos quando estamos acordados, que nos mostra seu lado mais fascinante. Em "Onde Estiveste de Noite?" Lygia nos conta como soube do falecimento de sua amiga, a também escritora Clarice Lispector. Mas ao contrário do que ocorre na ficção, aqui a morte não dá medo. Ela se apresenta como uma possibilidade de expansão, de conhecimento, de liberdade.

PARA A MINHA MENINA
MARINA

A CAÇADA

A loja de antiguidades tinha o cheiro de uma arca de sacristia com seus panos embolorados e livros comidos de traça. Com as pontas dos dedos, o homem tocou numa pilha de quadros. Uma mariposa levantou voo e foi chocar-se contra uma imagem de mãos decepadas.

— Bonita imagem — disse.

A velha tirou um grampo do coque e limpou a unha do polegar. Tornou a enfiar o grampo no cabelo.

— É um São Francisco.

Ele então se voltou lentamente para a tapeçaria que tomava toda a parede no fundo da loja. Aproximou-se mais. A velha aproximou-se também.

— Já vi que o senhor se interessa mesmo é por isso. Pena que esteja nesse estado.

O homem estendeu a mão até a tapeçaria, mas não chegou a tocá-la.

— Parece que hoje está mais nítida...

— Nítida? — repetiu a velha, pondo os óculos. Deslizou a mão pela superfície puída. — Nítida como?

— As cores estão mais vivas. A senhora passou alguma coisa nela?

A velha encarou-o. E baixou o olhar para a imagem de mãos decepadas. O homem estava tão pálido e perplexo quanto a imagem.

— Não passei nada. Por que o senhor pergunta?

— Notei uma diferença.

— Não, não passei nada, essa tapeçaria não aguenta a mais leve escova, o senhor não vê? Acho que é a poeira que está sustentando o tecido — acrescentou tirando novamente o grampo da cabeça. Rodou-o entre os dedos com ar pensativo. Teve um muxoxo: — Foi um desconhecido que trouxe, precisava muito de dinheiro. Eu disse que o pano estava por demais estragado, que era difícil encontrar um comprador, mas ele insistiu tanto... Preguei aí na parede e aí ficou. Mas já faz anos isso. E o tal moço nunca mais me apareceu.

— Extraordinário...

A velha não sabia agora se o homem se referia à tapeçaria ou ao caso que acabara de lhe contar. Encolheu os ombros. Voltou a limpar as unhas com o grampo.

— Eu poderia vendê-la, mas quero ser franca, acho que não vale mesmo a pena. Na hora que se despregar é capaz de cair em pedaços.

O homem acendeu um cigarro. Sua mão tremia. Em que tempo, meu Deus! em que tempo teria assistido a essa mesma cena. E onde?...

Era uma caçada. No primeiro plano, estava o caçador de arco retesado, apontando para uma touceira espessa. Num plano mais profundo, o segundo caçador espreitava por entre as árvores do bosque, mas era apenas uma vaga silhueta cujo rosto se reduzira a um esmaecido contorno. Poderoso, absoluto era o primeiro caçador, a barba violenta como um bolo de serpentes, os músculos tensos, à espera de que a caça levantasse para desferir-lhe a seta.

O homem respirava com esforço. Vagou o olhar pela tapeçaria que tinha a cor esverdeada de um céu de tempestade. Envenenando o tom verde-musgo do tecido, destacavam-se manchas de um negro-violáceo que pareciam escorrer da folhagem, deslizar pelas botas do caçador e espalhar-se no chão como um líquido maligno. A touceira na qual a caça estava escondida também tinha as mesmas manchas, que tanto podiam fazer parte do desenho como ser simples efeito do tempo devorando o pano.

— Parece que hoje tudo está mais próximo — disse o homem em voz baixa. — É como se... Mas não está diferente?

A velha firmou mais o olhar. Tirou os óculos e voltou a pô-los.

— Não vejo diferença nenhuma.

— Ontem não se podia ver se ele tinha ou não disparado a seta...

— Que seta? O senhor está vendo alguma seta?

— Aquele pontinho ali no arco...

A velha suspirou:

— Mas esse não é um buraco de traça? Olha aí, a parede já está aparecendo, essas traças dão cabo de tudo — lamentou disfarçando um bocejo. Afastou-se sem ruído com suas chinelas de lã. Esboçou um gesto distraído. — Fique aí à vontade, vou fazer um chá.

O homem deixou cair o cigarro. Amassou-o devagarinho na sola do sapato. Apertou os maxilares numa contração dolorosa. Conhecia esse bosque, esse caçador, esse céu — conhecia tudo tão bem, mas tão bem! Quase sentia nas narinas o perfume dos eucaliptos, quase sentia morder-lhe a pele o frio úmido da madrugada, ah, essa madrugada! Quando? Percorrera aquela mesma vereda, aspirara aquele mesmo vapor que baixava denso do céu verde... Ou subia do chão? O caçador de barba encaracolada parecia sorrir perversamente embuçado. Teria sido esse caçador? Ou o companheiro lá adiante, o homem sem cara espiando por entre as árvores? Uma personagem de tapeçaria. Mas qual? Fixou a touceira onde a caça estava escondida. Só folhas, só silêncio e folhas empastadas na sombra. Mas detrás das folhas, através das manchas pressentia o vulto arquejante da caça. Compadeceu-se daquele ser em pânico, à espera de uma oportunidade para prosseguir fugindo. Tão próxima a morte! O mais leve movimento que fizesse, e a seta... A velha não a distinguira, ninguém poderia percebê-la, reduzida como estava a um pontinho carcomido, mais pálido do que um grão de pó em suspensão no arco.

Enxugando o suor das mãos, o homem recuou alguns passos. Vinha-lhe agora uma certa paz, agora que sabia ter feito parte da caçada. Mas essa era uma paz sem vida, impregnada dos mesmos coágulos traiçoeiros da folhagem. Cerrou os olhos. E se tivesse sido o pintor que fez o quadro? Quase todas as antigas tapeçarias eram reproduções de quadros, pois não eram? Pintara o quadro original e por isso podia reproduzir, de olhos fechados, toda a cena nas suas minúcias: o contorno das árvores, o céu sombrio, o caçador de barba esgrouvinhada, só músculos e nervos apontando para a touceira. "Mas se detesto caçadas! Por que tenho que estar aí dentro?" Apertou o lenço contra a boca. A náusea. Ah, se pudesse explicar toda essa familiaridade medonha, se pudesse ao menos... E se fosse um simples espectador casual, desses que olham e passam? Não era uma hipótese? Podia ainda ter visto o quadro no original, a caçada não passava de uma ficção. "Antes do aproveitamento da tapeçaria...", murmurou, enxugando os vãos dos dedos no lenço.

Atirou a cabeça para trás como se o puxassem pelos cabelos, não, não ficara do lado de fora, mas lá dentro, encravado no cenário! E por que tudo parecia mais nítido do que na véspera, por que as cores estavam mais fortes apesar da penumbra? Por que o fascínio que se desprendia da paisagem vinha agora assim vigoroso, rejuvenescido?...

Saiu de cabeça baixa, as mãos cerradas no fundo dos bolsos. Parou meio ofegante na esquina. Sentiu o corpo moído, as pálpebras pesadas. E se fosse dormir? Mas sabia que não poderia dormir, desde já sentia a insônia a segui-lo na mesma marcação da sua sombra. Levantou a gola do paletó. Era real esse frio? Ou a lembrança do frio da tapeçaria? "Que loucura!... E não estou louco", concluiu num sorriso desamparado. Seria uma solução fácil. "Mas não estou louco."

Vagou pelas ruas, entrou num cinema, saiu em seguida e quando deu acordo de si, estava diante da loja de antiguidades, o nariz achatado na vitrine, tentando vislumbrar a tapeçaria lá no fundo.

Quando chegou em casa, atirou-se de bruços na cama e ficou de olhos escancarados, fundidos na escuridão. A voz tremida da velha parecia vir de dentro dos travesseiros, uma voz sem corpo, metida em chinelas de lã: "Que seta? Não estou vendo nenhuma seta...". Misturando-se à voz, veio vindo o murmurejo das traças em meio de risadinhas. O algodão abafava as risadas que se entrelaçaram numa rede esverdinhada, compacta, apertando-se num tecido com manchas que escorreram até o limite da tarja. Viu-se enredado nos fios e quis fugir, mas a tarja o aprisionou nos seus braços. No fundo, lá no fundo do fosso podia distinguir as serpentes enleadas num nó verde-negro. Apalpou o queixo. "Sou o caçador?" Mas em vez da barba encontrou a viscosidade do sangue.

Acordou com o próprio grito que se estendeu dentro da madrugada. Enxugou o rosto molhado de suor. Ah, aquele calor e aquele frio! Enrolou-se nos lençóis. E se fosse o artesão que trabalhou na tapeçaria? Podia revê-la, tão nítida, tão próxima que se estendesse a mão despertaria a folhagem. Fechou os punhos. Haveria de destruí-la, não era verdade que além daquele trapo detestável havia alguma coisa mais, tudo não passava de um retângulo de pano sustentado pela poeira. Bastava soprá-la, soprá-la!

Encontrou a velha na porta da loja. Sorriu irônica:

— Hoje o senhor madrugou.

— A senhora deve estar estranhando, mas...

— Já não estranho mais nada, moço. Pode entrar, pode entrar, o senhor conhece o caminho.

"Conheço o caminho", repetiu, seguindo lívido por entre os móveis. Parou. Dilatou as narinas. E aquele cheiro de folhagem e terra, de onde vinha aquele cheiro? E por que a loja foi ficando embaçada, lá longe? Imensa, real, só a tapeçaria a se alastrar sorrateiramente pelo chão, pelo teto, engolindo tudo com suas manchas esverdinhadas. Quis retroceder, agarrou-se a um armário, cambaleou resistindo ainda e estendeu os braços até a coluna. Seus dedos afundaram por entre galhos e resvalaram pelo tronco de uma árvore, não era uma coluna, era uma árvore! Lançou em volta um olhar esgazeado: penetrara na tapeçaria, estava dentro do bosque, os pés pesados de lama, os cabelos empastados de orvalho. Em redor, tudo parado. Estático. No silêncio da madrugada, nem o piar de um pássaro, nem o farfalhar de uma folha. Inclinou-se arquejante. Era o caçador? Ou a caça? Não importava, não importava, sabia apenas que tinha que prosseguir correndo sem parar por entre as árvores, caçando ou sendo caçado. Ou sendo caçado?... Comprimiu as palmas das mãos contra a cara esbraseada, enxugou no punho da camisa o suor que lhe escorria pelo pescoço. Vertia sangue o lábio gretado. Abriu a boca. E lembrou-se. Gritou e mergulhou numa touceira. Ouviu o assobio da seta varando a folhagem, a dor! "Não...", gemeu de joelhos. Tentou ainda agarrar-se à tapeçaria. E rolou encolhido, as mãos apertando o coração.

AS FORMIGAS

Quando minha prima e eu descemos do táxi já era quase noite. Ficamos imóveis diante do velho sobrado de janelas ovaladas, iguais a dois olhos tristes, um deles vazado por uma pedrada. Descansei a mala no chão e apertei o braço da prima.

— É sinistro.

Ela me impeliu na direção da porta. Tínhamos outra escolha? Nenhuma pensão nas redondezas oferecia um preço melhor a duas pobres estudantes, com liberdade de usar o fogareiro no quarto, a dona nos avisara por telefone que podíamos fazer refeições ligeiras com a condição de não provocar incêndio. Subimos a escada velhíssima, cheirando a creolina.

— Pelo menos não vi sinal de barata — disse minha prima.

A dona era uma velha balofa, de peruca mais negra do que a asa da graúna. Vestia um desbotado pijama de seda japonesa e tinha as unhas aduncas recobertas por uma crosta de esmalte vermelho-escuro descascado nas pontas encardidas. Acendeu um charutinho.

— É você que estuda Medicina? — perguntou soprando a fumaça na minha direção.

— Estudo Direito. Medicina é ela.

A mulher nos examinou com indiferença. Devia estar pensando em outra coisa quando soltou uma baforada tão densa que precisei desviar a cara. A saleta era escura, atulhada de móveis velhos, desparelhados. No sofá de palhinha furada no assento, duas almofadas que pareciam ter sido feitas com os restos de um antigo vestido, os bordados salpicados de vidrilho.

— Vou mostrar o quarto, fica no sótão — disse ela em meio a um acesso de tosse. Fez um sinal para que a seguíssemos. — O inquilino antes de vocês também estudava Medicina, tinha um caixotinho de ossos que esqueceu aqui, estava sempre mexendo neles.

Minha prima voltou-se:

— Um caixote de ossos?

A mulher não respondeu, concentrada no esforço de subir a estreita escada caracol que ia dar no quarto. Acendeu a luz. O quarto não podia ser menor, com o teto em declive tão acentuado que nesse trecho teríamos que entrar de gatinhas. Duas camas, dois armários e uma cadeira de palhinha pintada de dourado. No ângulo onde o teto quase se encontrava com o assoalho, estava um caixotinho coberto com um pedaço de plástico. Minha prima largou a mala e pondo-se de joelhos puxou o caixotinho pela alça de corda. Levantou o plástico. Parecia fascinada.

— Mas que ossos tão miudinhos! São de criança?

— Ele disse que eram de adulto. De um anão.

— De um anão? É mesmo, a gente vê que já estão formados... Mas que maravilha, é raro à beça esqueleto de anão. E tão limpo, olha aí — admirou-se ela. Trouxe na ponta dos dedos um pequeno crânio de uma brancura de cal. — Tão perfeito, todos os dentinhos!

— Eu ia jogar tudo no lixo, mas se você se interessa pode ficar com ele. O banheiro é aqui ao lado, só vocês é que vão usar, tenho o meu lá embaixo. Banho quente, extra. Telefone, também. Café das sete às nove, deixo a mesa posta na cozinha com a garrafa térmica, fechem bem a garrafa — recomendou coçando a cabeça. A peruca se deslocou ligeiramente. Soltou uma baforada final: — Não deixem a porta da rua aberta senão meu gato foge.

Ficamos nos olhando e rindo enquanto ouvíamos o barulho dos seus chinelos de salto na escada. E a tosse encatarrada.

Esvaziei a mala, dependurei a blusa amarrotada num cabide que enfiei num vão da veneziana, prendi na parede, com durex, uma gravura de Grassmann e sentei meu urso de pelúcia em cima do travesseiro. Fiquei vendo minha prima subir na cadeira, desatarraxar a lâmpada fraquíssima que pendia de um fio solitário no meio do teto e no lugar atarraxar uma lâmpada de duzentas velas que tirou da sacola. O quarto ficou mais alegre. Em compensação, agora a gente podia ver que a roupa de cama não era tão alva assim, alva era a pequena tíbia que ela tirou de dentro do caixotinho. Examinou-a. Tirou uma vértebra e olhou pelo buraco tão reduzido como o aro de um anel. Guardou-as com a delicadeza com que se amontoam ovos numa caixa.

— Um anão. Raríssimo, entende? E acho que não falta nenhum ossinho, vou trazer as ligaduras, quero ver se no fim da semana começo a montar ele.

Abrimos uma lata de sardinha que comemos com pão, minha prima tinha sempre alguma lata escondida, costumava estudar até a madrugada e depois fazia sua ceia. Quando acabou o pão, abriu um pacote de bolacha Maria.

— De onde vem esse cheiro? — perguntei farejando. Fui até o caixotinho, voltei, cheirei o assoalho. — Você não está sentindo um cheiro meio ardido?

— É de bolor. A casa inteira cheira assim — ela disse. E puxou o caixotinho para debaixo da cama.

No sonho, um anão louro de colete xadrez e cabelo repartido no meio entrou no quarto fumando charuto. Sentou-se na cama da minha prima, cruzou as perninhas e ali ficou muito sério, vendo-a dormir. Eu quis gritar, Tem um anão no quarto!, mas acordei antes. A luz estava acesa. Ajoelhada no chão, ainda vestida, minha prima olhava fixamente algum ponto do assoalho.

— Que é que você está fazendo aí? — perguntei.

— Essas formigas. Apareceram de repente, já enturmadas. Tão decididas, está vendo?

Levantei e dei com as formigas pequenas e ruivas que entravam em trilha espessa pela fresta debaixo da porta, atravessavam o quarto, subiam pelo caixotinho de ossos e desembocavam lá dentro, disciplinadas como um exército em marcha exemplar.

— São milhares, nunca vi tanta formiga assim. E não tem trilha de volta, só de ida — estranhei.

— Só de ida.

Contei-lhe meu pesadelo com o anão sentado em sua cama.

— Está debaixo dela — disse minha prima e levantou o plástico. — Preto de formiga! Me dá o vidro de álcool.

— Deve ter sobrado alguma coisa aí nesses ossos e elas descobriram, formiga descobre tudo. Se eu fosse você, levava isso lá pra fora.

— Mas os ossos estão completamente limpos, eu já disse. Não ficou nem um fiapo de cartilagem, limpíssimos. Queria saber o que essas bandidas vêm fuçar aqui.

Respingou fartamente o álcool em todo o caixote. Em seguida, calçou os sapatos e como uma equilibrista andando no fio de arame, foi pisando firme, um pé diante do outro na trilha de formigas. Foi e voltou duas vezes. Apagou o cigarro. Puxou a cadeira. E ficou olhando dentro do caixotinho.

— Esquisito. Muito esquisito.

— O quê?

— Me lembro que botei o crânio em cima da pilha, me lembro que até calcei ele com as omoplatas para não rolar. E agora ele está aí no chão do caixote, com uma omoplata de cada lado. Por acaso você mexeu aqui?

— Deus me livre, tenho nojo de osso! Ainda mais de anão.

Ela cobriu o caixotinho com o plástico, empurrou-o com o pé e levou o fogareiro para a mesa, era a hora do seu chá. No chão, a trilha de formigas mortas era agora uma fita escura que encolheu. Uma formiguinha que escapou da matança passou perto do meu pé, já ia esmagá-la quando vi que levava as mãos à cabeça, como uma pessoa desesperada. Deixei-a sumir numa fresta do assoalho.

Voltei a sonhar aflitivamente, mas dessa vez foi o antigo pesadelo com os exames, o professor fazendo uma pergunta atrás da outra e eu muda diante do único ponto que não tinha estudado. Às seis horas o despertador disparou veementemente. Travei a campainha. Minha prima dormia com a cabeça coberta. No banheiro, olhei com atenção para as paredes, para o chão de cimento, à procura delas. Não vi nenhuma. Voltei pisando na ponta dos pés e então entreabri as folhas da veneziana. O cheiro suspeito da noite tinha desaparecido. Olhei para o chão: desaparecera também a trilha do exército massacrado. Espiei debaixo da cama e não vi o menor movimento de formigas no caixotinho coberto.

Quando cheguei por volta das sete da noite, minha prima já estava no quarto. Achei-a tão abatida que carreguei no sal do omelete, tinha a pressão baixa. Comemos num silêncio voraz. Então me lembrei.

— E as formigas?

— Até agora, nenhuma.

— Você varreu as mortas?

Ela ficou me olhando.

— Não varri nada, estava exausta. Não foi você que varreu?

— Eu?! Quando acordei, não tinha nem sinal de formiga nesse chão, estava certa que antes de deitar você juntou tudo... Mas então, quem?!

Ela apertou os olhos estrábicos, ficava estrábica quando se preocupava.

— Muito esquisito mesmo. Esquisitíssimo.

Fui buscar o tablete de chocolate e perto da porta senti de novo o cheiro, mas seria bolor? Não me parecia um cheiro assim inocente, quis chamar a atenção da minha prima para esse aspecto, mas ela estava tão deprimida que achei melhor ficar quieta. Espargi água-de-colônia Flor de Maçã por todo o quarto (e se ele cheirasse como um pomar?) e fui deitar cedo. Tive o segundo tipo de sonho, que competia nas repetições com o tal sonho da prova oral, nele eu marcava encontro com dois namorados ao mesmo tempo. E no mesmo lugar. Chegava o primeiro e minha aflição era levá-lo embora dali antes que chegasse o segundo. O segundo, desta vez, era o anão. Quando só restou o oco de silêncio e sombra, a voz da minha prima me fisgou e me trouxe para a superfície. Abri os olhos com esforço. Ela estava sentada na beira da minha cama, de pijama e completamente estrábica.

— Elas voltaram.

— Quem?

— As formigas. Só atacam de noite, antes da madrugada. Estão todas aí de novo.

A trilha da véspera, intensa, fechada, seguia o antigo percurso da porta até o caixotinho de ossos por onde subia na mesma formação até desformigar lá dentro. Sem caminho de volta.

— E os ossos?

Ela se enrolou no cobertor, estava tremendo.

— Aí é que está o mistério. Aconteceu uma coisa, não entendo mais nada! Acordei pra fazer pipi, devia ser umas três horas. Na volta, senti que no quarto tinha *algo* mais, está me entendendo? Olhei pro chão e vi a fila dura de formigas, você se lembra? Não tinha nenhuma quando chegamos. Fui ver o caixotinho, todas se trançando lá dentro, lógico, mas não foi isso o que quase me fez cair pra trás, tem uma coisa mais grave: é que os ossos estão mesmo mudando de posição, eu já desconfiava mas agora estou certa, pouco a pouco eles estão... Estão se organizando.

— Como, se organizando?

Ela ficou pensativa. Comecei a tremer de frio, peguei uma ponta do seu cobertor. Cobri meu urso com o lençol.

— Você lembra, o crânio entre as omoplatas, não deixei ele assim. Agora é a coluna vertebral que já está quase formada, uma vértebra atrás da outra, cada ossinho tomando o seu lugar, alguém do ramo está montando o esqueleto, mais um pouco e... Venha ver!

— Credo, não quero ver nada. Estão colando o anão, é isso?

Ficamos olhando a trilha rapidíssima, tão apertada que nela não caberia sequer um grão de poeira. Pulei-a com o maior cuidado quando fui esquentar o chá. Uma formiguinha desgarrada (a mesma daquela noite?) sacudia a cabeça entre as mãos. Comecei a rir e tanto que se o chão não estivesse ocupado, rolaria por ali de tanto rir. Dormimos juntas na minha cama. Ela dormia ainda quando saí para a primeira aula. No chão, nem sombra de formiga, mortas e vivas desapareciam com a luz do dia. Voltei tarde essa noite, um colega tinha se casado e teve festa. Vim animada, com vontade de cantar, passei da conta. Só na escada é que me lembrei: o anão. Minha prima arrastara a mesa para a porta e estudava com o bule fumegando no fogareiro.

— Hoje não vou dormir, quero ficar de vigia — ela avisou.

O assoalho ainda estava limpo. Me abracei ao urso.

— Estou com medo.

Ela foi buscar uma pílula para atenuar minha ressaca, me fez engolir a pílula com um gole de chá e ajudou a me despir.

— Fico vigiando, pode dormir sossegada. Por enquanto não apareceu nenhuma, não está na hora delas, é daqui a pouco que começa. Examinei com a lupa debaixo da porta, sabe que não consigo descobrir de onde brotam?

Tombei na cama, acho que nem respondi. No topo da escada o anão me agarrou pelos pulsos e rodopiou comigo até o quarto, Acorda, acorda! Demorei para reconhecer minha prima que me segurava pelos cotovelos. Estava lívida. E vesga.

— Voltaram — ela disse.

Apertei entre as mãos a cabeça dolorida.

— Estão aí?

Ela falava num tom miúdo, como se uma formiguinha falasse com sua voz.

— Acabei dormindo em cima da mesa, estava exausta. Quando acordei, a trilha já estava em plena movimentação. Então fui ver o caixotinho, aconteceu o que eu esperava...

— O que foi? Fala depressa, o que foi?

Ela firmou o olhar oblíquo no caixotinho debaixo da cama.

— Estão mesmo montando ele. E rapidamente, entende? O esqueleto já está inteiro, só falta o fêmur. E os ossinhos da mão esquerda, fazem isso num instante. Vamos embora daqui.

— Você está falando sério?

— Vamos embora, já arrumei as malas.

A mesa estava limpa e vazios os armários escancarados.

— Mas sair assim, de madrugada? Podemos sair assim?

— Imediatamente, melhor não esperar que a bruxa acorde. Vamos, levanta!

— E para onde a gente vai?

— Não interessa, depois a gente vê. Vamos, vista isto, temos que sair antes que o anão fique pronto.

Olhei de longe a trilha: nunca elas me pareceram tão rápidas. Calcei os sapatos, descolei a gravura da parede, enfiei o urso no bolso da japona e fomos arrastando as malas pelas escadas, mais intenso o cheiro que vinha do quarto, deixamos a porta aberta. Foi o gato que miou comprido ou foi um grito?

No céu, as últimas estrelas já empalideciam. Quando encarei a casa, só a janela vazada nos via, o outro olho era penumbra.

NATAL
NA BARCA

Não quero nem devo lembrar aqui por que me encontrava naquela barca. Só sei que em redor tudo era silêncio e treva. E me sentia bem naquela solidão. Na embarcação desconfortável, tosca, apenas quatro passageiros. Uma lanterna nos iluminava com sua luz vacilante: um velho, uma mulher com uma criança e eu.

O velho, um bêbado esfarrapado, deitara-se de comprido no banco, dirigira palavras amenas a um vizinho invisível e agora dormia. A mulher estava sentada entre nós, apertando nos braços a criança enrolada em panos. Era uma mulher jovem e pálida. O longo manto escuro que lhe cobria a cabeça dava-lhe o aspecto de uma figura antiga. Pensei em falar-lhe assim que entrei na barca. Mas já devíamos estar quase no fim da viagem e até aquele instante não me ocorrera dizer-lhe qualquer palavra. Nem combinava mesmo com a barca tão despojada, tão sem artifícios, a ociosidade de um diálogo. Estávamos sós. E o melhor ainda era não fazer nada, não dizer nada, apenas olhar o sulco negro que a embarcação ia fazendo no rio.

Debrucei-me na grade de madeira carcomida. Acendi um cigarro. Ali estávamos os quatro, silenciosos como mortos num antigo barco de mortos deslizando na escuridão. Contudo, estávamos vivos. E era Natal.

A caixa de fósforos escapou-me das mãos e quase resvalou para o rio. Agachei-me para apanhá-la. Sentindo então alguns respingos no rosto, inclinei-me mais até mergulhar as pontas dos dedos na água.

— Tão gelada — estranhei, enxugando a mão.

— Mas de manhã é quente.

Voltei-me para a mulher que embalava a criança e me observava com um meio sorriso. Sentei-me no banco ao seu lado. Tinha belos olhos claros, extraordinariamente brilhantes. Vi que suas roupas puídas tinham muito caráter, revestidas de uma certa dignidade.

— De manhã esse rio é quente — insistiu ela me encarando.

— Quente?

— Quente e verde, tão verde que a primeira vez que lavei nele uma peça de roupa, pensei que a roupa fosse sair esverdeada. É a primeira vez que vem por estas bandas?

Desviei o olhar para o chão de largas tábuas gastas. E respondi com uma outra pergunta:

— Mas a senhora mora aqui por perto?

— Em Lucena. Já tomei esta barca não sei quantas vezes, mas não esperava que justamente hoje...

A criança agitou-se, choramingando. A mulher apertou-a mais contra o peito. Cobriu-lhe a cabeça com o xale e pôs-se a niná-la com um brando movimento de cadeira de balanço. Suas mãos destacavam-se exaltadas sobre o xale preto, mas o rosto era tranquilo.

— Seu filho?

— É. Está doente, vou ao especialista, o farmacêutico de Lucena achou que eu devia consultar um médico hoje mesmo. Ainda ontem ele estava bem, mas de repente piorou. Uma febre, só febre... — Levantou a cabeça com energia. O queixo agudo era altivo, mas o olhar tinha a expressão doce. — Só sei que Deus não vai me abandonar.

— É o caçula?

— É o único. O meu primeiro morreu o ano passado. Subiu no muro, estava brincando de mágico quando de repente avisou, vou voar! A queda não foi grande, o muro não era alto, mas caiu de tal jeito... Tinha pouco mais de quatro anos.

Atirei o cigarro na direção do rio, mas o toco bateu na grade e voltou rolando aceso pelo chão. Alcancei-o com a ponta do sapato e fiquei a esfregá-lo devagar. Era preciso desviar o assunto para aquele filho que estava ali, doente, embora. Mas vivo.

— E esse? Que idade tem?

— Vai completar um ano. — E noutro tom, inclinando a cabeça para o ombro: — Era um menino tão bonzinho, tão alegre. Tinha verdadeira mania por mágicas. Claro que não saía nada, mas era muito engraçado... Só a última mágica que fez foi perfeita, vou voar! disse abrindo os braços. E voou.

Levantei-me. Eu queria ficar só naquela noite, sem lembranças, sem piedade. Mas os laços — os tais laços humanos — já ameaçavam me envolver. Conseguira evitá-los até aquele instante. Mas agora não tinha forças para rompê-los.

— Seu marido está à sua espera?

— Meu marido me abandonou.

Sentei-me novamente e tive vontade de rir. Era incrível. Foi uma loucura fazer a primeira pergunta, mas agora não podia mais parar.

— Há muito tempo? Que o seu marido...

— Faz uns seis meses. Imagine que nós vivíamos tão bem, mas tão bem! Quando ele encontrou por acaso com essa antiga namorada, falou comigo sobre ela, fez até uma brincadeira, a Duca enfeiou, de nós dois fui eu que acabei ficando mais bonito... E não falou mais no assunto. Uma manhã ele se levantou como todas as manhãs, tomou café, leu o jornal, brincou com o menino e foi trabalhar. Antes de sair ainda me acenou, eu estava na cozinha lavando a louça e ele me acenou através da tela de arame da porta, me lembro até que eu quis abrir a porta, não gosto de ver ninguém falar comigo com aquela tela de arame no meio... Mas eu estava com a mão molhada. Recebi a carta de tardinha, ele mandou uma carta. Fui morar com minha mãe numa casa que alugamos perto da minha escolinha. Sou professora.

Fixei-me nas nuvens tumultuadas que corriam na mesma direção do rio. Incrível. Ia contando as sucessivas desgraças com tamanha calma, num tom de quem relata fatos sem ter participado deles realmente. Como se não bastasse a pobreza que espiava pelos remendos da sua roupa, perdera o filhinho, o marido e ainda via pairar uma sombra sobre o segundo filho que ninava nos braços. E ali estava sem a menor revolta, confiante. Intocável. Apatia? Não, não podiam ser de uma apática aqueles olhos vivíssimos e aquelas mãos enérgicas. Inconsciência? Uma obscura irritação me fez sorrir.

— A senhora é conformada.

— Tenho fé, dona. Deus nunca me abandonou.

— Deus — repeti vagamente.

— A senhora não acredita em Deus?

— Acredito — murmurei.

E ao ouvir o som débil da minha afirmativa, sem saber por quê, perturbei-me. Agora entendia. Aí estava o segredo daquela confiança, daquela calma. Era a tal fé que removia montanhas...

Ela mudou a posição da criança, passando-a do ombro direito para o esquerdo. E começou com voz quente de paixão:

— Foi logo depois da morte do meu menino. Acordei uma noite tão desesperada que saí pela rua afora, enfiei um casaco e saí descalça e chorando feito louca, chamando por ele... Sentei num banco do jardim onde toda tarde ele ia brincar. E fiquei pedindo, pedindo com tamanha força, que ele, que gostava tanto de mágica, fizesse essa mágica de me aparecer só mais uma vez, não precisava ficar, só se mostrasse um instante, ao menos mais uma vez, só mais uma! Quando fiquei sem lágrimas, encostei a cabeça no banco e não sei como, dormi. Então sonhei e no sonho Deus me apareceu, quer dizer, senti que ele pegava na minha mão com sua mão de luz. E vi o meu menino brincando com o Menino Jesus no jardim do Paraíso. Assim que ele me viu, parou de brincar e veio rindo ao meu encontro e me beijou tanto, tanto... Era tal sua alegria que acordei rindo também, com o sol batendo em mim. Fiquei sem saber o que dizer. Esbocei um gesto e em seguida, apenas para fazer alguma coisa, levantei a ponta do xale que cobria a cabeça da criança. Deixei cair o xale novamente e voltei o olhar para o chão. O menino estava morto. Entrelacei as mãos para dominar o tremor que me sacudiu. Estava morto. A mãe continuava a niná-lo, apertando-o contra o peito. Mas ele estava morto. Debrucei-me na grade da barca e respirei penosamente: era como se estivesse mergulhada até o pescoço naquela água. Senti que a mulher se agitou atrás de mim.

— Estamos chegando — anunciou.

Apanhei depressa minha pasta. O importante agora era sair, fugir antes que ela descobrisse, era terrível demais, não queria ver. Diminuindo a marcha, a barca fazia uma larga curva antes de atracar. O bilheteiro apareceu e pôs-se a sacudir o velho que dormia.

— Chegamos! Ei! chegamos!...

Aproximei-me evitando encará-la.

— Acho melhor nos despedirmos aqui — disse atropeladamente, estendendo a mão.

Ela pareceu não notar meu gesto. Levantou-se e fez um movimento como se fosse pegar a sacola. Ajudei-a, mas em vez de apanhar a sacola que lhe estendi, antes mesmo que eu pudesse impedi-lo, afastou o xale que cobria a cabeça do filho.

— Acordou, o dorminhoco! E olha aí, deve estar agora sem nenhuma febre.

— Acordou?!

Ela deu um sorriso.

— Veja...

Inclinei-me. A criança abrira os olhos — aqueles olhos que eu vira cerrados tão definitivamente. E bocejava, esfregando a mãozinha na face de novo corada. Fiquei olhando sem conseguir falar.

— Então, bom Natal! — disse ela, enfiando a sacola no braço.

Encarei-a. Sob o manto preto, de pontas cruzadas e atiradas para trás, seu rosto resplandecia. Apertei-lhe a mão vigorosa. E acompanhei-a com o olhar até que ela desapareceu na noite.

Conduzido pelo bilheteiro, o velho passou por mim reiniciando seu afetuoso diálogo com o vizinho invisível. Saí por último da barca. Duas vezes voltei-me ainda para ver o rio. E só então pude imaginá-lo como seria de manhã cedo: verde e quente. Verde e quente.

O JARDIM
SÉLVAGEM

— Daniela é assim como um jardim selvagem — disse o tio Ed olhando para o teto. — Como um jardim selvagem...

Tia Pombinha concordou fazendo uma cara muito esperta. E foi correndo buscar o maldito licor de cacau feito em casa. Passei a mão na tampa da caixa de marrom-glacê que ele trouxera. Era a segunda ou terceira vez que a presenteava com uma caixa igual, eu já sabia que aquele nome era como o papel dourado embrulhando simples castanhas açucaradas. Mas, e um jardim selvagem? O que era um jardim selvagem?

Foi o que lhe perguntei. Ele me olhou com um ar de gigante da montanha falando com a formiguinha.

— Jardim selvagem é um jardim selvagem, menina.

— Ah, bom — eu disse.

E aproveitei a entrada de tia Pombinha para fugir da sala. A tal caixa estava mesmo fechada, tão cedo não seria aberta. E o licor de cacau era tão ruim que eu já tinha visto uma visita guardá-lo na boca para depois cuspir. Na pia, fingindo lavar as mãos.

Mais tarde, quando eu já enfiava a camisola para dormir, tia Pombinha entrou no meu quarto. Sentou-se na cama. A caixa de doces já devia estar enfurnada em alguma gaveta. Sovina, sovina!

— O Ed casado, imagine! Até parece mentira, o meu querido Ed casado há mais de uma semana. Mas por que não me avisou, Cristo-Rei! Como é que ele se casa assim, sem participar... Que loucura!

— Decerto não quis dar festa.

— Mas não seria preciso festa, eu só gostaria de saber — choramingou, fazendo bico. — Ainda na noite passada ele me apareceu no sonho...

— Apareceu? — perguntei metendo-me na cama. Os sonhos de tia Pombinha eram todos horríveis, estava para chegar o dia em que viria anunciar que sonhara com alguma coisa que prestasse.

— Não me lembro bem como foi, ele logo sumiu no meio de outras pessoas. Mas o que me deixou nervosa foi ter sonhado com dentes nessa mesma noite. Você sabe, não é nada bom sonhar com dentes.

— Tratar deles é pior ainda.

Sorriu sem vontade. Ficou toda sentimental quando resolveu me cobrir até o pescoço.

— Você agora me lembrou o Ed menino. Fui a mãezinha dele quando a nossa mãe morreu. E agora se casa assim de repente, sem convidar a família, como se tivesse vergonha da gente... Mas não é mesmo esquisito? E essa moça, Cristo-Rei? Ninguém sabe quem ela é...

— Tio Ed deve saber, ora.

Acho que ela se impressionou com minha resposta porque sossegou um pouco. Mas logo desatou a falar de novo com aquela fala aflita de quem vai pegar o trem, falava assim quando chegava a hora de viajar.

— Ele parece feliz, sem dúvida, mas ao mesmo tempo me olhou de um jeito... Era como se quisesse me dizer qualquer coisa e não tivesse coragem, senti isso com tanta força que meu coração até doeu, quis perguntar, O que foi, Ed! Pode me dizer o que foi? Mas ele só me olhava e não disse nada. Tive a impressão de que estava com medo.

— Com medo do quê?

— Não sei, não sei, mas foi como se eu estivesse vendo Ed menino outra vez. Tinha pavor do escuro, só queria dormir de luz acesa. Papai proibiu essa história de luz e não me deixou mais ir lá fazer companhia, achava que eu poderia estragá-lo com muito mimo. Mas uma noite não resisti e entrei escondida no quarto. Estava acordado, sentado na cama. Quer que eu fique aqui até você dormir? perguntei. Pode ir embora, ele disse, já não me importo mais de ficar no escuro. Então dei-lhe um beijo, como fiz hoje. Ele me abraçou e me olhou do mesmo jeito que me olhou agora, querendo confessar que estava com medo. Mas sem coragem de confessar.

Disfarcei um bocejo. E afastei as cobertas porque já estava transpirando. Quando minha tia anunciava uma história importante, na certa vinha alguma bobagem sem importância nenhuma. De resto, tia Pombinha tinha a mania de ver mistério em tudo, até no nosso limoeiro que dava às vezes uns limões adocicados. Não passava um dia sem falar nos tais *pressentimentos*.

— Mas por que ele tinha de ter medo?

Ela franziu a testa. Seus olhinhos redondos ficaram mais redondos ainda.

— Aí é que está... Quem é que pode saber? Ed sempre foi muito discreto, não é de se abrir com a gente, ele esconde. Que moça será essa?!

Lembrei-me então do que ele dissera, Daniela é como um jardim selvagem. Quis perguntar o que era um jardim selvagem. Mas tia Pombinha devia entender tanto quanto eu desses jardins.

— Ela é bonita, tia?

— Ed disse que é lindíssima. Mas não é tão jovem assim, parece que tem a idade dele, quase quarenta anos...

— E não é bom? Isso de ser meio velha.

Balançou a cabeça com ar de quem podia dizer ainda um montão de coisas sobre essa questão de idade. Mas preferia não dizer.

— Hoje de manhã, quando você estava na escola, a cozinheira deles passou por aqui, é amiga da Conceição. Contou que ela se veste nos melhores costureiros, só usa perfume francês, toca piano... Quando estiveram na chácara, nesse último fim de semana, ela tomou banho nua debaixo da cascata.

— Nua?

— Nuinha. Vão morar na chácara, ele mandou reformar tudo, diz que a casa ficou uma casa de cinema. E é isso que me preocupa, Ducha. Que fortuna não estarão gastando nessas loucuras? Cristo-Rei, que fortuna! Onde é que ele foi encontrar essa moça?

— Mas ele não é rico?

— Aí é que está... Ed não é tão rico quanto se pensa.

Dei de ombros. Nunca tinha pensado antes no assunto. Bocejei sem cerimônia. Tia Pombinha estava era com ciúme, havia muito dessas confusões nas famílias, eu mesma já tinha lido um caso parecido numa revista. Sabia até o nome do complexo, era um complexo de irmão com irmã. Afundei a cabeça no travesseiro. Se queria tanto conversar, por que não se lembrou de trazer os doces? Para comer tudo escondido, não é?

— Deixa, tia. Você não tem nada com isso.

Ela abriu nos joelhos as mãos ossudas, de unhas onduladas, cortadas rente. Passei a língua na palma das minhas mãos para umedecê-las. Sempre que olhava para as mãos dela, assim secas como se tivessem lidado com giz, precisava molhar as minhas.

— Diz que anda sempre com uma luva na mão direita, não tira nunca a luva dessa mão, nem dentro de casa.

Sentei-me na cama. Esse pedaço me interessava.

— Usa uma luva?

— Na mão direita. Diz que tem dúzias de luvas, cada qual de uma cor, combinando com o vestido.

— E não tira nem dentro de casa?

— Já amanhece com ela. Diz que teve um acidente com essa mão, deve ter ficado algum defeito...

— Mas por que não quer que vejam?

— Eu é que sei? Como Ed nem tocou nisso, fiquei sem jeito de perguntar, essas coisas não se perguntam. Casado, imagine... Deve dar um marido exemplar, desde criança foi muito bonzinho, você precisava ver que pérola de menino! Uma verdadeira pérola...

Tia Pombinha ficou falando algum tempo ainda sobre a bondade do irmão, mas eu só pensava naquela nova tia que tomava banho pelada debaixo da cascata. E que não tirava a luva da mão direita.

Na manhã de sábado, quando cheguei para o almoço, soube que ela passara em casa. Chutei minha pasta. As coisas que valiam a pena aconteciam sempre quando eu estava na escola. Tia Pombinha gaguejava, o pescoço fino cheio de manchas avermelhadas. Ficava assim que nem peru quando tinha uma emoção forte.

— Ah, você não imagina como é encantadora! Nunca vi uma beleza igual, que encanto de moça! Tão natural, tão simples e ao mesmo tempo tão elegante, tão bem cuidada... Foi tão carinhosa comigo!

Fiquei olhando para as pernas finas de tia Pombinha com as meias murchas cor de cenoura. Bom, então tudo tinha mudado.

— Quer dizer que a senhora gostou dela?

— Muito, fiquei mesmo cativada! E trouxe presentes, venha ver — disse puxando-me pelo braço. — Três cortes de seda finíssima para mim e para você uma boneca francesa... Loura, loura!

— Tenho ódio de boneca.

— Ducha! Você vai gostar dessa, é a coisa mais linda que já se viu, olha aí, não é linda?

Fiquei olhando a boneca dentro da caixa. Usava luvinhas de renda.

— Ela estava de luva?

— Estava. Uma luva verde, combinando com os sapatos. No começo a gente estranha a luva só naquela mão. Mas não é mesmo de se estranhar? Podia fazer uma plástica... Enfim, deve ter motivos. Um amor de moça!

A conversa no mês seguinte com a cozinheira de tio Ed me fez esquecer até os zeros sucessivos que tive em matemática. A cozinheira viera indagar se Conceição sabia de um bom emprego, desde a véspera estava desempregada. Tia Pombinha tinha ido ao mercado, pudemos falar à vontade enquanto Conceição fazia o almoço.

— Seu tio é muito bom, coitado. Gosto demais dele — começou ela enquanto beliscava um bolinho que Conceição tirara da frigideira. — Mas não combino com dona Daniela. Fazer aquilo com o pobre do cachorro, não me conformo!

— Que cachorro?

— O Kleber, lá da chácara. Um cachorro tão engraçadinho, coitado. Só porque ficou doente e ela achou que ele estava sofrendo... Tem cabimento fazer isso com um cachorro?

— Mas o que foi que ela fez?

— Deu um tiro nele.

— Um tiro?

— Bem na cabeça. Encostou o revólver na orelha e pum! matou assim como se fosse uma brincadeira... Não era para ninguém ver, nem o seu tio, que estava na cidade. Mas eu vi com estes olhos que a terra há de comer, ela pegou o revólver com aquela mão enluvada e atirou no pobrezinho, morreu ali mesmo, sem um gemido... Perguntei depois, Mas por que a senhora fez isso? O bicho é de Deus, não se faz com um bicho de Deus uma coisa dessas! Ela então respondeu que o Kleber estava sofrendo muito, que a morte para ele era um descanso.

— Disse isso?

A mulher deu uma dentada no bolinho. Ficou soprando um pouco porque estava quente como o diabo, eu mesma não conseguia dar cabo do meu.

— Disse que a vida tinha que ser... Ah! não lembro. Mas falou em música, que tudo tinha que ser como uma música, foi isso. A doença sem remédio era o desafino, o melhor era acabar com o instrumento pra não tocar mais desafinado. Até que foi muito educada comigo, viu que eu estava nervosa e quis me explicar tudo direitinho. Mas podia ficar me explicando até gastar todo o cuspe que eu nunca ia entender. O que entendi muito bem foi que o Kleber estava morto. O pobre.

— Mas ela gostava dele?

— Acho que sim, estavam sempre juntos! Quando ele

ainda estava bom, ia tão alegrinho tomar banho com ela na cascata... Só faltava falar, aquele cachorro.

— Ela perguntou por que você ia embora?

— Não. Não perguntou nada. Nunca me tratou mal, justiça seja feita, sempre foi muito delicada com todos os empregados. Mas não sei, eu me aborreci por demais... isso de matar o Kleber! E montar como monta, feito índio, e tomar banho sem roupa... Uma noite a mesa do jantar virou inteira. O doutor disse que foi ele que esbarrou no pé da mesa, pra não cair, agarrou a toalha e veio tudo pro chão. Mas ninguém me tira da cabeça que quem virou a mesa foi ela.

— Por quê? Por que fez isso?

— Quando fica brava... A gente tem vontade até de entrar num buraco. O olho dela, o azul, muda de cor.

— Não tira a luva, nunca?

— Capaz!... Acho que nem o doutor viu aquela mão. Já amanhece de luvinha. Até lá na cascata usa uma luva de borracha.

Conceição veio interromper a conversa para mostrar à amiga uma bolsa que tinha comprado. Ficaram as duas cochichando sobre homens. Quando tia Pombinha chegou, a mulher já estava se despedindo, o que foi uma sorte.

Não falei com ninguém sobre toda essa história. Mas levei o maior susto do mundo quando dois meses depois tia Daniela telefonou da chácara para avisar que tio Ed estava muito doente. Tia Pombinha começou a tremer. O pescoço ficou uma mancha só.

— Deve ser a úlcera que voltou... Meu querido Ed! Cristo-Rei, será que é mesmo grave? Ducha, depressa, vai buscar o calmante, quinze gotas num copo de água açucarada... Cristo-Rei! A úlcera...

Contei cinquenta gotas. E carreguei no açúcar para disfarçar o gosto. Antes de levar o copo, despejei ainda mais umas gotas.

Assim que acordou, à hora do jantar, desandou nos telefonemas avisando à velharia da irmandade que o "menino estava muito doente".

— E tia Daniela? — perguntei quando ela parou de choramingar.

— Tem sido dedicadíssima, não sai de perto dele um só minuto. Falei também com o médico, disse que nunca encontrou criatura tão eficiente, tem sido uma enfermeira e tanto! É o que me deixa mais descansada. Meu querido menino...

Quando Conceição veio me anunciar que ele tinha se matado com um tiro, assustei-me à beça. Mas aquele primeiro susto que levei quando me disseram que ele estava doente foi um susto maior ainda. Eu chegava da escola quando Conceição veio correndo ao meu encontro.

— Seu tio Ed se matou hoje de manhã! Se matou com um tiro!

Larguei a pasta.

— Um tiro no ouvido?

— Lá sei se foi no ouvido, não me contaram mais nada, dona Pombinha parecia louca, mal podia falar. Já seguiu com as irmãs para a chácara, foi um tamanho berreiro! Todas berravam ao mesmo tempo, um horror!

Dessa vez achei muito bom que eu estivesse na escola quando chegou a notícia. Conceição enxugou duas lágrimas na barra do avental enquanto fritava batatas. Peguei uma batata que caíra da frigideira e afundei-a no sal. Estava quase crua.

— Mas por que ele fez isso, Conceição?

— Ninguém sabe. Não deixou carta, nada, ninguém sabe! Vai ver que foi por causa da doença, não é mesmo? Você também não acha que foi por causa da doença?

— Acho — concordei, enquanto esperava que caísse outra batata da frigideira.

Pensava agora em tia Daniela metida num vestido preto. E de luva também preta, como não podia deixar de ser.

LUA CRESCENTE EM AMSTERDÃ

O jovem casal parou diante do jardim e ali ficou, sem palavra ou gesto, apenas olhando. A noite cálida, sem vento. Uma menina loura surgiu na alameda de areia branco-azulada e veio correndo. Ficou a uma certa distância dos forasteiros, observando-os com curiosidade enquanto comia a fatia de bolo que tirou do bolso do avental.

— Vai me dar um pedaço deste bolo? — pediu a jovem estendendo a mão. — Me dá um pedaço, hein, menininha?

— Ela não entende — ele disse.

A jovem levou a mão até a boca.

— Comer, comer! Estou com fome — insistiu na mímica que se acelerou, exasperada. — Quero comer!

— Aqui é a Holanda, querida. Ninguém entende.

A menina foi se afastando de costas. E desatou a correr pelo mesmo caminho por onde viera. Ele adiantou-se para chamar a menina e notou então que a estreita alameda se bifurcava em dois longos braços curvos que deviam se dar as mãos lá no fim, abarcando o pequeno jardim redondo.

— Um abraço tão apertado — ele disse. — Acho que este é o jardim do amor. Tinha lá em casa uma estatueta com um anjo nu fervendo de desejo, apesar do mármore, todo inclinado para a amada seminua, chegava a enlaçá-la. Mas as bocas a um milímetro do beijo, um pouco mais que ele abaixasse... A aflição que me davam aquelas bocas entreabertas, sem poder se juntar. Sem poder se juntar.

— Mas que língua falam em Amsterdã?

— A língua de Amsterdã — ele disse enfiando os dedos nos bolsos da jaqueta à procura de cigarros. — Teríamos que morrer e renascer aqui para entender o que falam.

— Queria tanto aquele bolo, não sente o cheiro? Queria aquele bolo, uma migalha que fosse e ficaria mastigando, mastigando e o bolo ia se espalhar em mim, na mão, no cabelo, não sente o cheiro?

Ele limpou nas calças os dedos sujos da poeira de fumo que encontrou nos bolsos.

— Vamos dormir aqui. Mas vê se para de chorar, quer que venha o guarda?

— Quero chorar.

— Então, chora.

Molemente ela se recostou numa árvore. Enlaçou-a. Os cabelos lhe caíam em abandono pela cara, mas através dos cabelos e da folhagem podia ver o céu.

— Que lua magrinha. É lua minguante?

Ele avançou até o meio da alameda e expôs a cara que se banhou na luz do céu estrelado.

— Acho que é crescente, tem o formato de um C. Vem querida, ali tem um banco.

— Não me chame mais de querida.

— Está bem, não chamo.

— Não somos mais queridos, não somos mais nada.

— Está certo. Agora, vem.

— O banco é frio, quero minha cama, quero minha cama — ela soluçou e os soluços fracamente se perderam num gemido. — Que fome. Que fome.

— Amanhã a gente...

— Quero hoje! — ela ordenou endireitando o corpo. Voltou para ele a face endurecida. — Se você me amasse mesmo, faria agora um ensopado com seu fígado, com seu coração. Meus cachorros gostavam de coração de boi, eram enormes. Não vai me fazer um ensopado com seu coração, não vai?

— Meu coração é de isopor e isopor não dá nenhum

ensopado. Li uma vez que — ele acrescentou. Puxou-a com brandura: — Vem, Ana. Ali tem um banco.

— Meu coração é de verdade.

Ele riu.

— O seu? Isopor ou acrílico, na história que li o homem achou que tinha tanto sofrimento em redor, mas tanto, que não aguentou e substituiu seu coração por um de acrílico, acho que era acrílico.

— E daí? Ele ficou olhando para os pés enegrecidos da jovem forçando as tiras das sandálias rotas. Subiu o olhar até o jeans esfiapado, pesado de poeira.

— Daí, nada. Não deu certo, ele teria que nascer outra coisa.

— Você sabia contar histórias melhores. Sob a camiseta de algodão transparente, os pequeninos bicos dos seios pareciam friorentos. E não estava frio. Foram escurecendo durante a viagem, ele pensou. Qual era a Ana verdadeira, esta ou a outra? A que jurou amá-lo na terra, no mar, no braseiro, na neve, debaixo da ponte, na cama de ouro...

— Você mentiu, Ana.

— Quando? Quando foi que menti? Ele desviou o olhar desinteressado.

— Vem, que amanhã a gente vai ver o museu de Rembrandt, lembra? Você disse que era o que mais queria ver no mundo.

— Tenho ódio de Rembrandt.

— Não esfregue assim a cara, Ana. Você vai se machucar.

— Quero me machucar.

— Então, se machuque. Mas vem!

— Minhas unhas eram limpas. E agora esta crosta — gemeu ela examinando os dedos em garra. Limpou a gota de sangue que lhe escorreu do arranhão aberto no queixo. — Confessa que quer seguir sozinho a viagem, que quer se ver livre de mim!

Nem isso. Não queria nada, apenas comer. E mesmo assim, sem aquele antigo empenho do começo. Gostaria também de sair dançando, a música leve, ele leve e dançando por entre as árvores até se desintegrar numa pirueta.

— Você disse que seria a menina mais feliz do mundo quando pisasse comigo em Amsterdã, lembra?

— Tenho ódio de Amsterdã. Eu era tão perfumada, tão limpa. Me sujei com você.

— Nos sujamos quando acabou o amor. Agora vem, vamos dormir naquele banco. Vem, Ana.

Ela puxou-lhe a barba.

— Quando foi que fiquei assim imunda, fala!

— Mas eu já disse, foi quando deixou de me amar.

— Mas você também — ela soqueou-lhe fracamente o peito. — Nega que você também...

— Sim, nós dois. A queda dos anjos, não tem um livro? Ah, que diferença faz. Vem.

— O banco é frio.

Quando ele a tomou pela cintura chegou a se assustar um pouco: era como se estivesse carregando uma criança, precisamente aquela menininha que fugira há pouco com seu pedaço de bolo. Quis se comover. E descobriu que se inquietara mais com o susto da menina do que com o corpo que agora carregava como se carrega uma empoeirada boneca de vitrine, sem saber o que fazer com ela. Depositou-a no banco e sentou-se ao lado. Contudo, era lua crescente. E estavam em Amsterdã. Abriu os braços. Tão oco. Leve. Poderia sair voando pelo jardim, pela cidade. Só o coração pesando — não era estranho? De onde vinha esse peso? Das lembranças? Pior do que a ausência do amor, é a memória do amor.

— E onde estão os outros? Para a viagem? Você não disse que era aqui o reino deles? — perguntou ela dobrando o corpo para a frente até encostar o queixo nos joelhos. — Tudo invenção. Isso de Marte ser pedregoso, deserto. Uma vez fui lá, queria tanto voltar. Detesto este jardim.

— Perdemos o outro.

— Que outro?

A voz dela também mudara: era como se viesse do fundo de uma caverna fria. Sem saída. Se ao menos pudesse transmitir-lhe esse distanciamento. Nem piedade nem rancor.

— Você sabia, Ana? Algumas estrelas são leves assim como o ar, a gente pode até carregá-las numa maleta. Uma bagagem de estrelas. Já pensou no espanto do homem que fosse roubar essa maleta? Ficaria para sempre com as mãos cintilantes, mas tão cintilantes...

— Olha minhas unhas. Até a menininha fugiu de mim — queixou-se ela enlaçando as pernas.

— Desconfiou que você ia avançar no seu bolo.

— Olha minhas unhas. Será que aqui também dão comida em troca de sangue?

— Não sei.

— Uma droga de comida. Aquela de Marrocos — disse ela esfregando na areia a sola da sandália.

— Nosso sangue também deve ser uma droga de sangue.

O silêncio foi se fazendo de pequenos ruídos de bichos e plantas até formar um tênue tecido que perpassava pela folhagem, enganchava-se imponderável numa folha e prosseguia em ondas até se romper no bico de um pássaro.

— Queria um chocolate quente com bolo. O creme, eu enchia uma colher de creme que se espalhava na minha boca, eu abria a boca...

Abriu a boca. Fechou os olhos.

Ele sorriu.

— Estou ouvindo uma música, a gente podia dançar. Se a gente ainda se amasse saía dançando...

Ela levantou as mãos e passou as pontas dos dedos nos cabelos. Na boca.

— E agora? O que acontece quando não se tem mais nada com o amor?

Quase ele levou de novo a mão no bolso para pegar o cigarro, onde fumara o último?

— Quando acaba o amor, sopra o vento e a gente vira então uma outra coisa — respondeu ele.

— Que coisa?

— Sei lá. Não quero é voltar a ser gente, eu teria que conviver com as pessoas e as pessoas... — ele murmurou.

— Queria ser um passarinho, vi um dia um passarinho bem de perto e achei que devia ser simples a vida de um passarinho de penas azuis, os olhinhos lustrosos. Acho que eu queria ser aquele passarinho.

— Nunca me teria como companheira, nunca. Gosto de mel, acho que quero ser borboleta. É fácil a vida de borboleta?

— É curta, querida.

O vento soprou tão forte que a menina loura teve que parar porque o avental lhe tapou a cara. Segurou o avental, arrumou a fatia de bolo dentro do guardanapo e olhou em redor. Aproximou-se do banco vazio. Procurou os forasteiros por entre as árvores, voltou até o banco e alongou o olhar meio desapontado pela alameda também deserta. Ficou esfregando as solas dos sapatos na areia fina. Guardou o bolo no bolso e agachou-se para ver melhor o passarinho de penas azuis bicando com disciplinada voracidade uma borboleta que procurava se esconder debaixo do banco de pedra.

ONDE ESTIVESTE DE NOITE?

Acordei em meio do grito, gritei? Com os olhos ainda flutuando na vaga zona do sono, levantei a cabeça do travesseiro e quis saber onde estava. E que asas eram aquelas, meu Deus?! Essas asas que se debateram assim tão próximas que o meu grito foi num tom de pergunta, Quem é?...

Abri a boca e respirei, tinha que me localizar, espera um pouco, espera: estava sentada na cama de um hotel e a cidade era Marília. Cheguei ontem, sim, Marília.

Tudo escuro. Mas não tinha um relógio ali na cabeceira? Pronto, olhei e os ponteiros fosforescentes me pareceram tranquilos, cinco horas da madrugada. E antes de me perguntar, o que estou fazendo aqui?, veio a resposta assim com naturalidade, você foi convidada para participar de um curso de Literatura na Faculdade de Letras, dezembro de 1977, lembrou agora?

Voltei-me para a janela com as frestas das venezianas ligeiramente invadidas por uma tímida luminosidade. Por um vão menos estreito podia entrever o céu roxo. E as asas? perguntei recuando um pouco, pois não acordei com essas asas? Pronto, elas já voltavam arfantes no voo circular em redor da minha cabeça. Protegi a cabeça com as mãos, calma, calma, não podia ser um morcego que o voo dos morcegos era manso, aveludado e esse era um voo de asas assustadas, seria um pombo?

Ainda imóvel, entreabri os olhos e espiei. Foi quando o pequeno ser alado, assim do tamanho da mão de uma criança, como que escapou dos movimentos circulares e fugiu espavorido para o teto. Então acendi o abajur. A verdade é que eu estava tão assustada quanto o pássaro que entrara Deus sabe por onde e agora alcançara o teto abrindo o espaço em volteios mais largos. Levantei-me em silêncio e fui abrir as venezianas. O céu ia emergindo do roxo profundo para o azul. Olhei mais demoradamente a meia-lua transparente. As estrelas pálidas. Voltei para a cama.

Puxei o cobertor até o pescoço e ali fiquei sentada, quieta, olhando a andorinha, era uma andorinha e ainda voando. Voando. Meu medo agora era que nesse voo assim encegada não atinasse com a janela. Na infância eu tinha convivido tanto com os passarinhos, os da gaiola e esses transviados que entravam de repente dentro de casa e ficavam voando assim mesmo como que encegados até tombarem esbaforidos, o bico sangrando, as asas exaustas abertas feito braços, e a saída?!...

Vamos, pode descer, eu disse em voz baixa. Olha aí, a janela está aberta, você pode sair, repeti e me recostei no espaldar da cama. E a andorinha quase colada ao teto, voando. Voando. Esperei. O que mais podia fazer senão esperar? Qualquer intervenção seria fatal, disso eu sabia bem. Tinha apenas que ficar ali imóvel, respirando em silêncio porque até meu sopro podia assustá-la.

Voltei o olhar para o pequeno relógio. Mas o que significava isso? Uma andorinha assim solta na noite, voando despassarada no meio da noite, de onde tinha vindo e para onde ia? Ainda estava escuro quando ela entrou e começou a voar coroando a minha cabeça com seus voos obsessivos. Que continuavam agora no teto numa ronda tão angustiada. E com tantos quartos disponíveis nessa cidade, por que teria escolhido o quarto do hotel desta forasteira?

Inesperadamente ela conseguiu escapar da ronda em círculos e foi pousar no globo do lustre. E ali ficou descansando num descanso inseguro porque as patinhas trementes escorregavam no vidro leitoso do globo, teve que apoiar o bico arfante num dos elos da corrente de bronze por onde passava o fio elétrico. Vamos, minha querida, desça daí, pedi em voz baixa. A janela está aberta, repeti e fiz um movimento com a cabeça na direção da janela. Para meu espanto, ela obedeceu mas ao invés de sair, pousou na trave de madeira dos pés da minha cama. Pousou e ficou assim de frente, me encarando, as asas um pouco descoladas do corpo e o bico entreaberto, arfante. Ainda assim me pareceu mais tranquila. Os olhinhos redondos fixos em mim. A plumagem azul-noite tão luzidia e lisa, se eu me inclinasse e escorregasse um pouco poderia tocar na minha visitante. Andorinha, andorinha, eu disse baixinho, você é livre. Não quer sair?

Aos poucos foi ficando mais calma, as asas coladas ao corpo. Continuava equilibrada no espaldar de madeira roliça, mudando de posição num movimento de balanço ao passar de uma patinha para a outra. E os olhos fixos em mim. Mas esta é hora de andorinha ficar assim solta? Por onde você andou, hein?

Ela não respondeu mas inclinou a cabeça para o ombro e sorriu, aquele era o seu jeito de sorrir. Apaguei o abajur. Quem sabe na penumbra ela atinasse com a madrugada que ia se abrindo lá fora? Com a mão do pensamento consegui alcançá-la e delicadamente fiz com que se voltasse para a janela. Adeus! eu disse. Então ela abriu as asas e saiu num voo alto. Firme. Antes de desaparecer na névoa ainda traçou alguns hieróglifos no azul do céu.

Véspera dessa viagem para Marília. E a voz tão comovida de Leo Gilson Ribeiro, a Clarice Lispector está mal, muito mal. Desliguei o telefone e fiquei lembrando da viagem que fizemos juntas para a Colômbia, um congresso de escritores, tudo meio confuso, em que ano foi isso? Ah, não interessa a data, estávamos tão contentes, isso é o que importa, contentes e livres na universidade da cálida Cali. Combinamos ir no mesmo avião que decolou sereno mas na metade da viagem começou a subir e a descer, meio desgovernado. Comecei a tremer, na realidade, odeio avião mas por que será que estou sempre metida em algum deles? Para disfarçar, abri um jornal, afetando indiferença, oh! a literatura, o teatro. Clarice estava na cadeira ao lado, aquela cadeira que comparo à cadeira de dentista, cômoda, higiênica e detestável. Então ela apertou o meu braço e riu. Fique tranquila porque a minha cartomante já avisou, não vou morrer em nenhum desastre! E o tranquila e o desastre com aqueles *rrr* a mais na pronúncia que eu achava bastante charmosa, *desastrrre!* Desatei a rir do argumento. A carrrtomante, Clarice?... E nesse justo instante as nuvens se abriram numa debandada e o avião pairou seseníssimo acima de todas as coisas, Eh! Colômbia.

La Nueva Narrativa Latinoamericana. No hotel, os congressistas já tinham começado suas discussões na grande sala. Mas essa gente fala demais!, queixou-se a Clarice na tarde do dia seguinte, quando então combinamos fugir para fazer algumas compras. Na rua das lojas fomos perseguidas por moleques que com ar secreto nos ofereciam *aquelas coisas* que os brasileiros apreciam... Corri com um deles que insistiu demais. Já somos loucas pela própria natureza, eu disse. Não precisamos disso! Clarice riu e com o vozeirão nasalado perguntou onde ficavam as lojas de joias, queríamos ver as esmeraldas, *Esmerraldas!*

Quando chegamos ao hotel, lá estavam todos ainda reunidos naqueles encontros que não acabavam mais. Mas esses escrrritores deviam estar em suas casas escrrrevendo! — resmungou a Clarice enquanto disfarçadamente nos encaminhamos para o bar um pouco adiante da sala das *ponencias*: a nossa intervenção estava marcada para o dia seguinte. Quando eu devia começar dizendo que *literatura no tiene sexo, como los ángeles.* Alguma novidade nisso? Nenhuma novidade. Então a solução mesmo era comemorar com champanhe (ela pediu champanhe) e vinho tinto (pedi vinho) a ausência de novidades. Já tinham nos avisado que o salmão colombiano era ótimo, pedimos então salmão com pão preto, ah, era bom o encontro das escritoras e amigas que moravam longe, ela no Rio e eu em São Paulo. Tanto apetite e tanto assunto em comum, os amigos. A dificuldade do ofício e que era melhor esquecer no momento, a conversa devia ser amena, que os problemas, dezenas de problemas!, estavam sendo discutidos na sala logo ali adiante. No refúgio do bar, apenas duas *guapas brasileñas* com pesetas na carteira e com muito assunto. Clarice queria a minha opinião, afinal, quem era mais indiscreto depois da traição, o homem ou a mulher?

Lembrei que *nos antigamentes* (assim falava tia Laura) a mulher era um verdadeiro sepulcro, ninguém ficava sabendo de nada. Século XIX, início do século XX, *Silencio en la noche*, diz o tango argentino. Ainda o silêncio porque segundo Machado de Assis, o encanto da trama era o mistério. Na minha primeira leitura (é claro, *Dom Casmurro*) confessei ter achado Capitu uma inocente e o marido, esse sim, um chato neurótico. Mas na segunda leitura mudou tudo, a dissimulada, a manipuladora era ela. Ele era a vítima. Clarice pediu cigarros, eram bons os cigarros colombianos? Franziu a boca e confessou que sempre duvidou da moça, Mulher é o diabo! exclamou e desatei a rir, a coincidência: era exatamente essa a frase daquele engolidor de gilete do meu conto "O Moço do Saxofone". Acho que agora elas já estão exagerando, não? Os homens verdes de medo e elas as primeiras a alardear, Pulei a cerca!... Mulher é o diabo!

Quando saímos, os congressistas já deixavam a sala de reuniões. "Olha só como eles estão fatigados e tristes!", ela cochichou. E pediu que eu ficasse séria, tínhamos que fazer de conta que também estávamos lá no fundo da sala. Ofereceu-me depressa uma pastilha de hortelã e enfiou outra na boca, o hálito. Entregamos os nossos pacotes de compras a uma camareira que passava e Clarice recomendou muito que a moça

não trocasse os pacotes das *corbatas*, na caixa verme-
lha estavam as *corbatas* que ela comprara, a camareira
entendeu bem?

As recomendações de Clarice. No último bilhete que
me escreveu, naquela letra desgarrada, pediu: Desanu-
vie essa testa e compre um vestido branco! Foi como se
a ouvisse falar assim com a língua presa acentuando os
rr: *brrrranco*!

Um momento, agora eu estava em Marília e tinha que
me apressar, o depoimento seria dentro de uma hora,
ah! essas demoradas lembranças.

Quando entrei no saguão da Faculdade, uma jovem
veio ao meu encontro. O olhar estava assustado e a voz
me pareceu trêmula, A senhora ouviu? Saiu agora mesmo no noticiário do rádio, a Clarice Lispector morreu
essa noite!

Fiquei um momento muda. Abracei a mocinha. Eu já
sabia, disse antes de entrar na sala. Eu já sabia.

A AUTORA

Lygia Fagundes Telles nasceu em São Paulo e passou a infância no interior do estado, onde o pai, o advogado Durval de Azevedo Fagundes, foi promotor público. A mãe, Maria do Rosário (Zazita), era pianista. Voltando a residir com a família em São Paulo, a escritora fez o curso fundamental na Escola Caetano de Campos e em seguida ingressou na Faculdade de Direito do Largo São Francisco, da Universidade de São Paulo, onde se formou. Quando estudante do pré-jurídico cursou a Escola Superior de Educação Física da mesma universidade.

Ainda na adolescência manifestou-se a paixão, ou melhor, a vocação de Lygia Fagundes Telles para a literatura, incentivada pelos seus maiores amigos, os escritores Carlos Drummond de Andrade, Erico Verissimo e Edgard Cavalheiro. Contudo, mais tarde a escritora viria a rejeitar seus primeiros livros porque em sua opinião "a pouca idade não justifica o nascimento de textos prematuros, que deveriam continuar no limbo".

Ciranda de Pedra (1954) é considerada por Antonio Candido a obra em que a autora alcança a maturidade literária. Lygia Fagundes Telles também considera esse romance o marco inicial de suas obras completas. O que ficou para trás "são juvenilidades". Quando da sua publicação o romance foi saudado por críticos como Otto Maria Carpeaux, Paulo Rónai e José Paulo Paes. No mesmo ano, fruto de seu primeiro casamento, nasceu o filho Goffredo da Silva Telles Neto, cineasta, e que lhe deu as duas netas: Lúcia e Margarida. Ainda nos anos 1950, saiu o livro *Histórias do Desencontro* (1958), que recebeu o prêmio do Instituto Nacional do Livro.

O segundo romance, *Verão no Aquário* (1963), prêmio Jabuti, saiu no mesmo ano em que já divorciada casou--se com o crítico de cinema Paulo Emílio Sales Gomes. Em parceria com ele escreveu o roteiro para cinema *Capitu* (1967), baseado em *Dom Casmurro*, de Machado de Assis. Esse roteiro, que foi encomenda de Paulo Cezar Saraceni, recebeu o prêmio Candango, concedido ao melhor roteiro cinematográfico.

A década de 1970 foi de intensa atividade literária e marcou o início da sua consagração na carreira. Lygia Fagundes Telles publicou, então, alguns de seus livros mais importantes: *Antes do Baile Verde* (1970), cujo conto que dá título ao livro recebeu o Primeiro Prêmio no Concurso Internacional de Escritoras, na França; *As Meninas* (1973), romance que recebeu os prêmios Jabuti, Coelho Neto da Academia Brasileira de Letras e "Ficção" da Associação Paulista de Críticos de Arte (APCA); *Seminário dos Ratos* (1977), premiado pelo PEN Clube do Brasil. O livro de contos *Filhos Pródigos* (1978) seria republicado com o título de um de seus contos, *A Estrutura da Bolha de Sabão* (1991).

A Disciplina do Amor (1980) recebeu o prêmio Jabuti e o prêmio APCA. O romance *As Horas Nuas* (1989) recebeu o prêmio Pedro Nava de Melhor Livro do Ano.

Os textos curtos e impactantes passaram a se suceder na década de 1990, quando, então, é publicado *A Noite Escura e Mais Eu* (1995), que recebeu o prêmio Arthur Azevedo da Biblioteca Nacional, o prêmio Jabuti e o prêmio Aplub de Literatura. Os textos do livro *Invenção e Memória* (2000) receberam os prêmios Jabuti, APCA e o "Golfinho de Ouro". *Durante Aquele Estranho Chá* (2002), textos que a autora denominava de "perdidos e achados", antecedeu seu livro *Conspiração de Nuvens* (2007), que mistura ficção e memória e foi premiado pela APCA.

Em 1998, foi condecorada pelo governo francês com a Ordem das Artes e das Letras, mas a consagração definitiva viria com o prêmio Camões (2005), distinção maior em língua portuguesa pelo conjunto da obra. Lygia Fagundes Telles conduziu sua trajetória literária trabalhando ainda como procuradora do Instituto de Previdência do Estado de São Paulo, cargo que exerceu até a aposentadoria. Foi ainda presidente da Cinemateca Brasileira, fundada por Paulo Emílio Sales Gomes, e membro da Academia Paulista de Letras e da Academia Brasileira de Letras. Teve seus livros publicados em diversos países: Portugal, França, Estados Unidos, Alemanha, Itália, Holanda, Suécia, Espanha e República Checa, entre outros, com obras adaptadas para tevê, teatro e cinema.

Vivendo a realidade de uma escritora do terceiro mundo, Lygia Fagundes Telles considerava sua obra de natureza engajada, comprometida com a difícil condição do ser humano em um país de tão frágil educação e saúde. Participante desse tempo e dessa sociedade, a escritora procurava apresentar através da palavra escrita a realidade envolta na sedução do imaginário e da fantasia. Mas enfrentando sempre a realidade deste país: em 1976, durante a ditadura militar, integrou uma comissão de escritores que foi a Brasília entregar ao ministro da Justiça o famoso "Manifesto dos Mil", veemente declaração contra a censura assinada pelos mais representativos intelectuais do Brasil.

A autora já declarou em uma entrevista: "A criação literária? O escritor pode ser louco, mas não enlouquece o leitor, ao contrário, pode até desviá-lo da loucura. O escritor pode ser corrompido, mas não corrompe. Pode ser solitário e triste e ainda assim vai alimentar o sonho daquele que está na solidão".

Lygia Fagundes Telles faleceu em 3 de abril de 2022, em São Paulo.

O ILUSTRADOR

Eloar Guazzelli é ilustrador, quadrinista, diretor de arte e wap designer. Nascido em 1962, formou-se em educação artística e desenho na Universidade Federal do Rio Grande do Sul (UFRGS) e obteve o título de mestre na Escola de Comunicação e Artes da USP.

Foi premiado em diversos festivais de cinema e salões de humor e teve seu trabalho exposto em países como Argentina, Alemanha, Bélgica, Brasil, Cuba, Espanha, Estados Unidos, França, Holanda, Itália, Japão, Portugal, Porto Rico, Turquia e Uruguai.

Suas ilustrações e quadrinhos apareceram nas revistas *Animal*, *Le Monde Diplomatique*, *Piauí*, *Vip* e na argentina *Fierro*. O livro *El arroyo*, com ilustrações de Guazzelli e texto do geógrafo e anarquista francês Elisée Reclus, foi publicado na Espanha e na França.

COLEÇÃO LYGIA FAGUNDES TELLES

CONSELHO EDITORIAL
**ALBERTO DA COSTA E SILVA
ANTONIO DIMAS
LILIA MORITZ SCHWARCZ
LUIZ SCHWARCZ**

COORDENAÇÃO EDITORIAL
MARTA GARCIA

LIVROS DE LYGIA FAGUNDES TELLES
PUBLICADOS PELA COMPANHIA DAS LETRAS
CIRANDA DE PEDRA 1954, 2009
VERÃO NO AQUÁRIO 1963, 2010
ANTES DO BAILE VERDE 1970, 2009
AS MENINAS 1973, 2009
SEMINÁRIO DOS RATOS 1977, 2009
A DISCIPLINA DO AMOR 1980, 2010
AS HORAS NUAS 1989, 2010
A ESTRUTURA DA BOLHA DE SABÃO 1991, 2010
A NOITE ESCURA E MAIS EU 1995, 2009
INVENÇÃO E MEMÓRIA 2000, 2009
DURANTE AQUELE ESTRANHO CHÁ 2002, 2010
HISTÓRIAS DE MISTÉRIO 2004, 2011
PASSAPORTE PARA A CHINA 2011
O SEGREDO E OUTRAS HISTÓRIAS DE DESCOBERTA 2012
UM CORAÇÃO ARDENTE 2012
OS CONTOS 2018

ESTA OBRA FOI COMPOSTA EM KLAVIKA
E UTOPIA E IMPRESSA PELA LIS GRÁFICA
EM OFSETE SOBRE PAPEL ALTA ALVURA DA
SUZANO S.A. PARA A EDITORA SCHWARCZ
EM MAIO DE 2024

A marca FSC® é a garantia de que a madeira utilizada na fabricação do papel deste livro provém de florestas que foram gerenciadas de maneira ambientalmente correta, socialmente justa e economicamente viável, além de outras fontes de origem controlada.